Couverture inférieure manquante

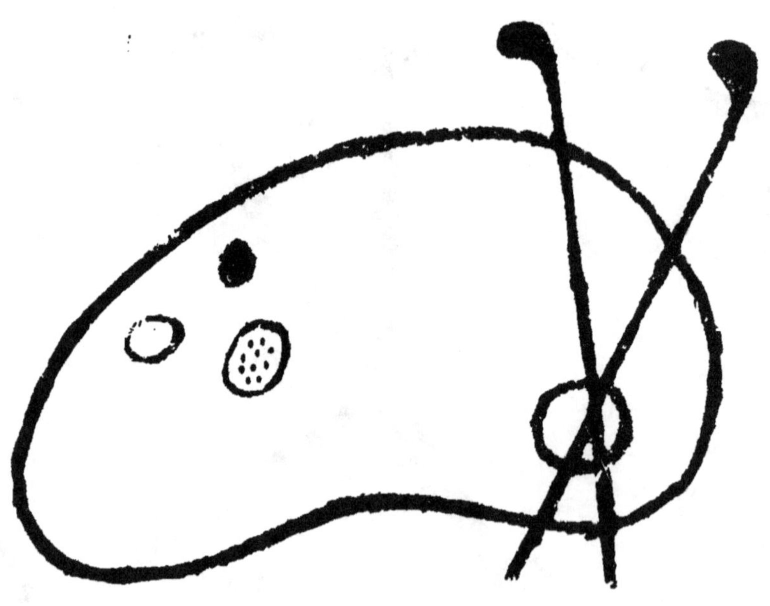

Début d'une série de documents
en couleur

Préfet Modèle

SAYNÈTE

Destinée au Théâtre de l'Elysée

LIMOGES

IMPRIMERIE COMMERCIALE PERRETTE

1902

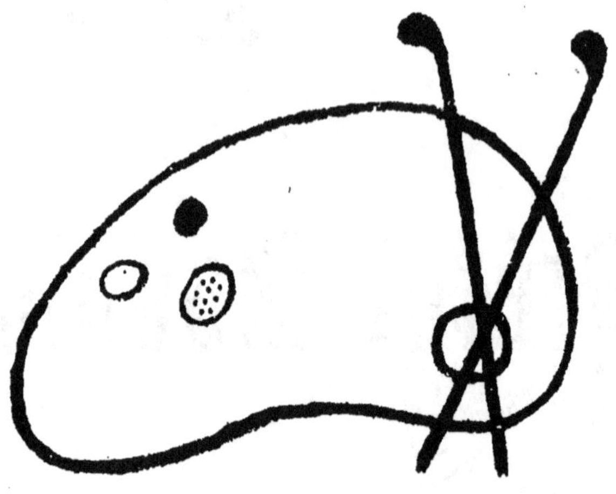

Fin d'une série de documents
en couleur

Préfet Modèle

—

SAYNÈTE

Destinée au Théâtre de l'Elysée

LIMOGES

IMPRIMERIE COMMERCIALE PERRETTE

1902

I

EDGAR LE BIEN GARDÉ

Limoges. La rue du Général Cérez à une heure 1|2 du matin. La mairie n'ayant fait allumer que le « petit partiel », par politesse pour la lune, cachée par malheur sous d'épais nuages, on y voit tout juste comme dans un four. La neige commence à tomber.

PREMIER AGENT (*En bourgeois. Il fait, en grelottant, les cent pas entre le boulevard et le portail des Bains du Commerce.*) — C'est bien la demie qui vient de sonner. Misère ! s'il est permis de faire à pareille heure monter la garde ici à des pères de famille qui ont leur domicile conjugal dans l'Abbessaille ! C'est à dégoûter du métier... Pas si propre du reste, le métier ; mais il faut bien vivre... — Plus personne dans les rues, à présent. Et il ne rentre pas encore ! Que diable peuvent-ils faire dans leur petite boîte de la rue de la Fonderie ?... Francs-maçons... ça ne maçonne pas, ce monde-là ; ça gâche tout au plus ; mais ça parle, et ce que ça doit s'arroser... Et pas d'eau claire, bien sûr ! Probable qu'ils ont ce soir quelque forte noce avec des toasts épatants... Trop longs tout de même, les toasts : il serait bien temps que ça finît... Il fait un froid de chien par ici et nous ne sommes pas à table, nous autres. Quand nous y fera-t-on asseoir à notre tour ? Teissonnière et Frugier promettent que ça sera bientôt ; mais ils ont tout l'air de chercher à passer devant et à nous fausser compagnie. Encore deux gas qui un beau matin feront leur Treich et laisseront

en panne les pauvres b... d'électeurs assez
bêtes pour leur avoir prêté l'épaule...

SECOND AGENT (*Celui-ci en uniforme, in-
crusté dans la porte de la maison du Dr Bou-
det, où du reste les bottes de la sentinelle ordi-
naire de M. le Préfet ont creusé leur empreinte
à la longue*). Brrr... Brrr... Voilà une faction
qui va mettre une 4e couche à mon sacré rhu-
me (*Il tousse avec toute la discrétion que com-
mande le service*) : Je tiens une fluxion de poi-
trine pour mon premier janvier, sûr... Et c'est
un préfet républicain, ça ? Les autres préfets
n'avaient pas besoin qu'on les gardât. Ils
faisaient comme les camarades : en ren-
trant du théâtre, le soir, ils fermaient leur
porte, donnaient un tour de clé et allaient
roupiller avec leur famille. Celui-là fait son
prince. Ah ! malheur ! as-tu fini, Edgar ?
(*Nouvelle quinte discrète*)... Tout de même
on dit que c'est un bon zig : il embête les
curés et il secoue les réactionnaires, tout ce
sale monde qui est contre le peuple. Et puis
il aime la police, celui-là, ah ! il l'aime ! ça
se connaît tout de suite : un commissaire,
pour lui, c'est plus qu'un colonel. Faut le
voir saluer les agents en bourgeois, qu'on ne
regardait pas autrefois... ça fait plaisir. Paraît
qu'il a souffert pour la cause. Dame, il
prend sa revanche aujourd'hui et il la coule
douce... Enfin, tout de même, le voilà qui
s'amène avec les copains. Diable, ils ont l'air
bien échauffé... Parie qu'ils ont mieux dîné
que toi, sergot.

Un groupe descend l'avenue de Juillet, en
causant avec animation : deux grands gail-
lards et trois petits hommes. On distingue
les mots : « Clérical... jésuite... batterie... co-

chons... secret... Lycée de filles... argent...
gueux de calotins ! » Le sergent de ville tousse
avec affectation. La conversation s'arrête ;
les cinq compagnons contournent la terrasse
de l'hôtel du Boucheron. et s'arrêtent à la petite porte de la rue du Général Cérez On se
gratte conscieusement dans la main et on se
sépare.

L'AGENT (*qui s'est approché, la main au
képi*). — Monsieur le Préfet a-t-il quelque
ordre à me donner ?

LE PRÉFET, — Non... Il n'y a rien de
nouveau ?

L'AGENT. — Rien, monsieur le préfet. Il
est passé trois curés étrangers, qui avaient
l'air joliment contents. Ils riaient de tout
leur cœur. Mais ils n'ont pas stationné et je
n'ai pu rien entendre de leur conversation.

LE PRÉFET. — Vous dites : trois curés ?

L'AGENT. — Oui, monsieur le Préfet.

LE PRÉFET. — Qui riaient ?

L'AGENT. — Oui, monsieur le Préfet.

LE PRÉFET (*pensif*,: Troiscurés... (*Se par-
lant à lui-même.*) Pourquoi riaient-ils ?

L'AGENT. — M. le Préfet n'a rien à me
commander ?

LE PRÉFET. — Non, mon ami. Restez-là et
ouvrez l'œil : si ces curés repasssaient par
hasard, filez-les avec soin et voyez où ils
iront. (*Il referme la porte de la cour et se
dirige vers le perron de l'hôtel.*) Pourquoi
donc riaient-ils, ces sales calotins ? (*Il
se ravise, revient sur ses pas, rouvre la
petite porte et appelle l'agent*) : Pstt...
Pstt... dites donc, mon ami, si vous étiez

obligé de quitter votre faction pour suivre les curés, il faudrait faire signe au poste pour qu'on envoyât quelqu'un vous remplacer. (*Il referme de nouveau la porte et s'achemine vers la maison, répétant*) : Pourquoi riaient-ils ?

II

ADMINISTRATION RÉPUBLICAINE

Le cabinet du Préfet. Le panneau au-dessus de la cheminée est décoré d un trophée d'ar-mes noué par une superbe écharpe rouge et surmonté d'un chapeau à plumes bien connu jadis des habitués du restaurant des Lilas. Emblèmes maçonniques. Entre deux fenêtres, une sorte de grand coffre fort en-tr'ouvert, à la serrure duquel pend un trous-seau de petites clés bizarres : l'armoire aux fiches.

Le Préfet. — Asseyez-vous, cher Monsieur le Maire, et donnez-moi des nouvelles de votre commune.

Le Maire. — C'est d'elle précisément que je viens vous entretenir. Vous savez que nous avons été obligés cette année — ce que nous avons du reste fait sans la moindre hé-sitation, ayant à cœur de seconder le gouver-nement de la république dans la défense du peuple contre les menées du cléricalisme, — de voter de nouveaux centimes additionnels pour équilibrer notre petit budget. L'école de filles, que nous avons louée pour nous conformer à vos ordres.....

Le Préfet. — Sans doute, sans doute... A propos ? L'institutrice que je vous ai en-voyée s'est-elle bien posée là-bas ? Vous savez : elle est choisie de ma main, et je vous ré-ponds d'elle.

Le Maire. — Je n'ai point de mal à dire de cette dame. Elle est instruite, paraît fort capable et a de l'autorité sur les enfants. Seulement elle a une tenue étrange et parle un peu haut aux parents : il y en a qui ne prennent pas bien ces façons. Pour vous avouer la vérité, beaucoup regrettent les bonnes sœurs, qui étaient moins savantes et moins décidées, mais qui tenaient convenablement les enfants et les instruisaient sans malmener les parents. Et puis, comme M. de Sainte Barbe leur avait donné la maison, elles ne coûtaient pas cher...

LE PRÉFET. — Mon cher Maire, on ne peut pas payer trop cher une éducation vraiment républicaine. (*Se levant et allant à l'armoire aux fiches.*) Dites-moi un peu ? La femme de l'Instituteur va-t-elle quelquefois voir son frère, le curé de Saint-Martin-les-Bois ?

LE MAIRE. — Je n'ai pas entendu dire qu'elle y soit allée..., mais permettez-moi de revenir à mon budget.

LE PRÉFET (*sec*). — Moi, on m'assure qu'elle y va souvent. Ouvrez l'œil, Monsieur le Maire. Vous vous souvenez de ce qu'a si bien dit à la tribune M. Waldeck-Rousseau : Quand la femme est dévote ou a des attaches cléricales, il faut que le mari soit deux fois républicain.

LE MAIRE. — Mais notre instituteur offre toutes garanties à cet égard : c'est un sincère, un bon, un vieux républicain.

LE PRÉFET. — L'est-il deux fois ? Voilà la question ? J'en doute. Il est certain qu'il n'est pas maçon.

LE MAIRE. — Moi non plus, Monsieur le Préfet...

LE PRÉFET. — Je le sais ; mais vous le deviendrez certainement, et bientôt.

Le Maire. — Pas si sûr.

Le Préfet. — Je vous dis que si. Prenez bien note de ceci, mon cher Maire : si je reste dans là Haute-Vienne jusqu'aux prochaines élections municipales, il n'y aura plus, dès le lendemain du scrutin, que des maçons à la tête des municipalités du département. Et si par hasard il en sortait d'autres, je leur ferais une telle vie qu'ils ne resteraient pas quinze jours en place. Vous comprenez bien ?

Le Maire (*Se remettant d'une assez vive émotion*). — En attendant, ayez la bonté de m'écouter un instant. J'ai besoin de votre conseil et de votre appui. La situation financière de la commune, naguères assez bonne....

Le Préfet (*Remuant toujours ses cartons*). — Pardon. J'aurais encore quelques questions à vous adresser. M. de Sainte-Barbe, votre voisin, n'a-t-il pas reçu, ces jours derniers, la visite d'une personne étrangère ?

Le Maire. — Oui, d'un ecclésiastique. On en a, en effet, causé dans le bourg.

Le Préfet. — Est-on fixé sur la personnalité du visiteur ? Sait-on d'où il venait ?

Le Maire. — Ma foi, non.

Le Préfet. — Vous n'êtes pas bien informé de ce qui se passe dans votre commune, mon cher Maire ? C'est fâcheux, très fâcheux.

Le Maire. — Ces choses-là ne sont pas précisément de mon ressort.

Le Préfet. — Mais si, mais si... Vous avez au moins entendu parler de l'affaire du village des Cendrilles ?

Le Maire. — Une vilaine histoire, une affaire de mœurs... Le Parquet et le Juge d'instruction sont venus.

Le Préfet. — Je le sais. Mais il peut y avoir là des dessous intéressants pour nous. La femme de cet ancien percepteur, vous savez de qui je veux parler ? Ne dit-on pas que, bien qu'elle ne soit pas positivement compromise, elle a joué un certain rôle dans tout cela : n'allait-elle pas quelquefois aux Cendrilles ?

Le Maire. — Oui, elle secourait une des accusées.

Le Préfet. — Bien... Mais pourquoi ? Ces visites ne pouvaient-elles pas avoir un autre but ?

Le Maire. — Je vous prie de m'excuser. Je ne suis pas au fait de tous les cancans de ma commune : quelques-uns des bruits qui ont été répandus au sujet de l'affaire des Cendrilles, sont, j'en suis sûr, d'infâmes calomnies... Permettez moi de revenir à l'objet de ma visite et de vous entretenir de mon budget, qui m'intéresse davantage.

Le Préfet, *se levant.* — Ah ça ! mon pauvre monsieur, croyez-vous qu'une année d'élections j'aie le temps d'écouter vos histoires de centimes additionnels, et que le gouvernement de la Défense républicaine m'ait envoyé dans votre département pour faire de l'administration !...

III

CORRESPONDANCE PRÉFECTORALE
Courrier au départ

1. CABINET

du

PRÉFET   (Très confidentielle)

« Limoges, 30 décembre 1901.

« A Monsieur le maire de La Malatie

« Monsieur le Maire,

« Je connais votre dévouement à la République et je sais que le gouvernement qui a assumé la mission de la défendre peut s'appuyer sur vous. Vous savez de votre côté combien j'apprécie vos excellents services et combien je serai heureux d'obtenir du ministre la récompense qui leur est si bien due. Je compte donc sur vous pour être édifié de la façon la plus exacte et la plus complète sur les menées des adversaires déclarés ou dissimulés de nos institutions.

« Votre receveur d'enregistrement et votre percepteur auraient tenu, m'assure-t-on, des propos dans lesquels les idées et les actes de ceux qui ont combattu pour la république en 1871 étaient odieusement travestis. Ils auraient fait l'éloge des Versaillais, des capitulards de Metz et de la fripouille impériale. Tous deux ont des attaches nationalistes ; leurs femmes, sans oser aller à l'église, sont des dévotes. Une de ces dames, qui se trouvait dans une compagnie assez nombreuse, aurait même, pendant un orage, au cours de l'été dernier, fait d'une façon assez apparente deux ou trois signes de croix.

« Donnez-moi, je vous prie, tous les renseignements que vous pourrez vous procurer sur ces singuliers fonctionnaires, leurs femmes, leurs familles, leurs relations. Remplissez les fiches à leur nom que vous trouverez sous ce pli, et comptez sur ma discrétion absolue comme je compte sur votre entière sincérité.

« Agréez, etc. »

2. CABINET
du
Préfet   (Très confidentielle)

« Limoges, 30 décembre 1901.

« A Monsieur l'Instituteur de La Malatie,

« Monsieur l'Instituteur,

« Les maîtres de l'enseignement primaire sont, vous le savez, les plus fermes soutiens du gouvernement de Défense républicaine. Ils en sont aussi les précieux collaborateurs. Leur mission ne consiste pas seulement à instruire les enfants confiés à leurs soins ; il leur appartient aussi de renseigner l'administration sur tous les faits qui peuvent l'intéresser.

« Je sais que je puis compter sur vous et je m'adresse à vous en toute confiance. Cette confiance, qui doit vous honorer, n'aura d'autres limites que celles mêmes de votre dévouement à la République. Je serai heureux, si vous y répondez dignement, de faire valoir, à la première occasion, vos titres à une récompense.

« Très confidentiellement, dites-moi ce que vous pensez de votre maire ? On me rapporte de lui certains propos de nature à donner à penser que, malgré les opinions avancées dont il fait profession, on ne peut guère compter sur lui. Connaissez-vous ces propos ? Etes-vous au courant de certains actes, de certaines relations qui ne sont pas correctes.

« Je voudrais avoir sur son compte des renseignements très détaillés, savoir jusqu'aux bruits, vrais ou faux, qui circulent sur son compte et celui des siens. Vous trouverez ci-joint un cadre de fiche à son nom. Veuillez, etc.

3. CABINET
    du
Préfet   (Très confidentielle)

Limoges, 30 décembre 1901.

Madame l'Institutrice communale, à La Malatie.

« Madame,

« Vous savez quelles promesses vous m'avez spontanément faites quand je vous donnai le bel avancement, si bien mérité du reste par vos services, dont vous m'avez témoigné tant de gratitude. J'ai à recourir aujourd'hui à votre concours. Je le fais en toute confiance. Il s'agit de me fixer sur les sentiments intimes de M. l'Instituteur de votre commune. Bien qu'il ait donné à l'Administration tous les gages que celle-ci est en droit d'exiger de lui, je crois discerner une certaine hésitation dans sa manière d'agir, une certaine tiédeur dans la façon dont il exécute les ordres qui lui sont donnés. Je voudrais savoir tout ce qu'il est possible de savoir de lui, des siens, de ses attaches, de ses relations. Vous trouverez ci-joint une fiche, etc.

4. CABINET
    du
  PRÉFET   (Très confidentielle)

Limoges, 30 décembre.

Monsieur Garrigas, receveur buraliste, à La Malatie.

« Monsieur,

« Je n'ai reçu de vous, depuis quelque temps, aucune communication. Je vous rappelle que vous avez à me renseigner sur diverses questions et que vous ne devez jamais laisser passer huit jours sans m'adresser votre rapport.

« Je désire de plus avoir quelques renseignements sur l'attitude et la conduite de l'institutrice que j'ai récemment nommée à La Malatie. Comment se comporte-t-elle ? Quelles personnes a-t-elle vues jusqu'ici ? Qu'en pense-t-on dans votre petite ville ? Dans ses conversations, dans ses relations, se montre-t-elle entièrement digne de la confiance dont l'administration lui a donné maints témoignages ? Vous trouverez ci-joint une fiche, etc.

5. CABINET
    du
  PRÉFET   (Très confidentielle)

« Limoges, 15 décembre 1901.

« Monsieur Ducompas, charron et aubergiste.
     « Monsieur et cher f.·.
« J'ai besoin de renseignements précis et

confidentiels sur les divers fonctionnaires
de votre chef-lieu de canton : Juge de paix,
maire, instituteurs, institutrice, greffier, brigadier de gendarmerie, receveur des postes,
facteurs, cantonniers, receveur d'enregistre·
ment, percepteur, receveur buraliste. Je désire aussi être fixé de la façon la plus com·
plète sur votre calotin de curé dont je n'entends
plus parler et qui est sans doute assez adroit
pour dissimuler ses intrigues. Vous savez
que, pour ces informations confidentielles
je n'ai confiance que dans les vrais F... M...,
seuls amis sincères du gouvernement, seuls
défenseurs vraiment sûrs des institutions
auxquelles nous devons tout notre dévouement. Je compte donc que vous ne néglige-
rez rien pour bien renseigner l'administration. Vous trouverez ci-joint ving-deux fiches
que je vous prie de remplir avec l'aide des
ff.·. Nivelard et Filaplon, au souvenir desquels
vous voudrez bien me rappeler, ainsi que l'ex-
cellent père Tourgnol, dont les intérêts vous
sont chers comme à moi-même. Il s'agit, à la
veille des élections, d'édifier sur un person-
nel douteux, souvent hypocrite, un gouvernement dévoué de cœur à nos Loges et disposé à en faire partout les dispensatrices de
tous les emplois, les distributrices de toutes
les faveurs. Nous devons mettre au service
d'un tel gouvernement tout ce que nous
avons de zèle et d'énergie. Encore une fois, je
compte sur votre clairvoyance et votre habi-
leté. »

Courrier à l'arrivée

« 6 Saint-Michel-le-Froid, 28 décembre 1901.

« Une personne dévouée à la République

croit de son devoir d'informer M. le préfet que le brigadier de gendarmerie et la débitante de tabacs de St-Michel-le-Froid ont fait faire la première communion à leurs enfants et qu'ils se sont montrés à l'église, le jour de la cérémonie. Les vrais républicains du bourg ont été surpris et indignés de voir, en ce temps de liberté et de lumière, des fonctionnaires publics participer ouvertement à ces cagoteries. On espère que ces suppôts du cléricalisme n'en seront pas quittes pour une simple réprimande et que l'administration saura les rappeler vigoureusement au respect des convictions des libres penseurs.

« Un Ami du gouvernement. »

7. Limoges, 30 décembre 1901.

« L'agent n° 3 rapporte que M. Léonardout, fournisseur de crachoirs hygiéniques de l'asile départemental de Naugeat, a été vu dimanche à la dernière messe, à l'église St-Joseph. Sa femme y va souvent et ses enfants fréquentent l'école des Frères. On fournira demain un supplément d'informations. »

« 8. Limoges, 30 décembre 1901.

« Monsieur et très honoré f.·.

« J'apprends que le f.·. Gratenpaume sollicite la fourniture des crachoirs hygiéniques de l'asile départemental, confiée depuis vingt ans au Sr Léonardout, clérical et bien connu comme tel. Sachant que votre détermination bien arrêtée est de déloger les calotins de toutes les situations où ils se sont postés, je vous recommande le f.·. Gratenpaume, qui n'est peut-être pas un négociant notable, mais qui est sûrement un libre-penseur sans reproche et un maçon de derrière les fagots.

« Salut et fraternité.

« BONTUILEUR. ', »

« 9. Maslibart, 29 décembre 1901.

« Monsieur le préfet, mes maîtres m'ont appris jadis, à l'école normale, qu'il n'est pas de mission plus noble et plus belle que celle de l'instituteur.

« Ce serait trahir la confiance des familles et de la patrie que de perdre de vue cette tâche sacrée et de ravaler nous-mêmes notre caractère et nos fonctions. Ma conscience m'interdit absolument de faire ce que me prescrit votre dernière lettre. Je dépends de vous : faites de moi ce qu'il vous plaira. Mais je vous prie d'avoir égard à mes longs services et d'avoir pitié de mes enfants : Je n'ai que mon traitement pour les faire vivre et j'espère que vous ne voudrez pas les condamner à mourir de faim.

« Votre respectueux serviteur,

« FRANCILLOUT. »

« 10. Barbetorte, 28 décembre 1901.

« Monsieur le Préfet,

« La confiance que vous voulez bien me témoigner m'honore plus que je ne saurais le dire et vous pouvez compter que je ferai ce qui sera en moi pour la justifier. J'ai recueilli tout ce que j'ai pu savoir sur l'affaire qui vous intéresse. Je puis dès aujourd'hui vous assurer qu'il court en effet des bruits assez singuliers sur l'épouse du Juge de Paix et qu'il ne sera pas difficile de trouver un moyen de faire marcher ce magistrat. J'irai vous raconter tout ce que je sais le jour de la prochaine foire. D'ici là, je vous serai reconnaissant de vous occuper de mon protégé : C'est un de mes gros électeurs, et je tiens essentiellement à ce que satisfaction lui soit donnée. Il faut à toute force que le curé saute. »

« 11. Goudounèche, 29 décembre.

« Monsieur le Préfet,

« Vous m'avez, lors de votre dernier entretien, déclaré que la décoration du mérite agricole à laquelle je crois avoir des titres sérieux, ne me serait pas donnée tant que j'aurais au nombre de mes ouvriers le sieur Pautard, qu'on vous a signalé comme ayant naguère fréquenté les cercles catholiques.

« Bien que Pautard soit père de famille et travaille depuis longtemps chez moi, où il n'a jamais donné lieu à aucune plainte, je me suis décidé à me priver de ses services. J'espère que vous ne verrez plus aucun obstacle à me proposer pour une distinction que vos prédécesseurs m'ont maintes fois promise et que je ne croyais pas avoir à attendre aussi longtemps. »

« 12. Limoges, 30 décembre.

« L'agent n° 2 a l'honneur de rapporter que le lieutenant de Vermichel a assisté hier à la messe à St-Pierre et qu'il a passé un quart d'heure en prières à l'issue de l'office. A la même messe reconnu également la femme

de M. Cordonnet, juge au tribunal, et la belle-
sœur du sous-inspecteur des contributions
progressives. Cette dernière avait pris la
précaution de se cacher le visage derrière
une voilette fort épaisse ; mais on l'a recon-
nue à sa démarche. »

« 13. Limoges, 31 décembre.

« Monsieur le Préfet,

« Je crois devoir vous prévenir que si
j'aperçois encore à la grille de ma maison le
nez d'un de vos mouchards et si je le vois
faire de nouvelles tentatives pour interwie-
ver ma cuisinière afin de savoir dans quelles maisons va ma femme ou à quelle école
j'envoie mes enfants, je lui casserai la figure
sans autre forme de procès. Vous ferez bien
de vous abstenir désormais de ces ingénieu-
ses enquêtes. Elles sont de nature à exaspé-
rer ceux qui en sont l'objet : je ne dois pas
vous cacher que plus d'une fois, en vous
voyant dans la rue, j'ai éprouvé une envie
terrible de vous traiter absolument comme je
me propose de traiter votre délégué aux informations. Pourrai-je toujours résister à
cette envie ? Je n'en suis pas bien sûr. Ne
nous poussez donc pas à bout et n'acculez pas
les gens à des extrémités qui pourraient être
pour vous regrettables.

« DU BRANCARD
« *Commandant en retraite.* »

IV

AU MINISTÈRE

[Le cabinet du Ministre]

Le Ministre. — Avez-vous reçu quelque visite intéressante pendant que j'étais au Sénat, mon cher directeur ?

Le Directeur du Cabinet. — Une seule à noter : celle des deux députés de la Haute-Vienne qui étaient déjà venus hier vous entretenir de leur Préfet. Décidément, ils ne sont pas contents de lui. Ils m'ont manifesté les plus vives inquiétudes, prétendant que M. Monteil compromet à plaisir leur réélection.

Le Ministre. — Ils se montraient si satisfaits de lui il y a quelques mois...

Le Directeur. — La roue a tourné : il a cessé de plaire, ou plutôt on s'aperçoit maintenant du danger qu'il y a à jouer avec le feu...

Le Ministre. — Ce n'est pas pour moi que vous dites cela, j'espère, mon cher Duval ... ? Il faut laisser aux journaux ces lapalissades. Mais croyez-vous que vraiment les affaires marchent mal, là-bas ?

Le Directeur. — Ce qui est sûr, c'est que j'ai vu nos deux hommes fort émus, et tirant de leur poche des liasses de lettres d'avertissement, de récrimination, de protestation et de menace. Leurs correspondants leur répétent sur tous les tons que le préfet les démolit

Le Ministre. — S'il y réussisait, la perte, certes, ne serait grande ni pour la Chambre ni pour le pays. Mais enfin, le sort de ces deux honnêtes parlementaires doit nous intéresser, puisqu'ils sont de ceux qui donnent fidèlement leur vote au cabinet. Que reprochent-ils au juste à Monteil? Deviendrait-il clérical ? Aurait-il jeté ses fiches dans le feu de son cabinet, pour allumer la bûche de Noël ?

LE DIRECTEUR. — Vous pensez bien que non. Il est toujours le laïcisateur sans pitié et le policier maniaque : ce sont précisément ses ardeurs antireligieuses, sa hâte d'en terminer avec les écoles congréganistes, ses mesquines taquineries et les mesures arbitraires prises par lui vis-à-vis des communes, qui finissent par fatiguer et irriter les populations. Il grève les budgets de dépenses inutiles, prend des arrêtés sans rime ni raison, s'attaque à des gens tranquilles et dont la neutralité ou même le concours aux prochaines élections semblaient assurés ; plusieurs maires dont l'attitude a toujours été irréprochable, ont été amenés à donner leur démission. Le mécontentement serait très vif dans plusieurs cantons.

LE MINISTRE. — Les députés lui ont-ils adressé quelques observations ?

LE DIRECTEUR. — Assurément : mais il s'en... fiche.

. LE MINISTRE (*souriant*). — Ah ! très bien ! La chose serait plus sérieuse que je ne l'imaginais. Il est bien assommant, ce vieux cabotin ! Ne pourrait-il pas modérer son zèle, et croit-il que je serai disposé à le défendre toujours ? N'est-il pas assez intelligent pour comprendre que la politique par-

lementaire a ses nécessités qui changent à
chaque heure et qu'il ne m'en coûtera pas
plus pour le sacrifier qu'il m'en a coûté pour
faire son éloge. Je défends tous les jours un
tas de choses et un tas de gens que je n'aime et n'estime guères : Monis, André, la
radicaille, la République..... Au diable votre Monteil !. . Où donc mes prédécesseurs
ont-ils pris ce préfet-là ?

LE DIRECTEUR. — Parbleu, où nous les
prenons tous ou presque tous : Dans
le tas des journalistes de troisième ordre, des quémandeurs infatigables d'emplois, des bas politiciens décavés, des ba-
layures du suffrage universel.... J'imagine
que votre prédécesseur et le mien faisaient comme nous-mêmes, non ce qu'ils
voulaient, mais ce qu'ils pouvaient. La re-
cette n'a pas changé : Pourvu qu'un homme n'ait pas un casier judiciaire trop chargé
— et encore ! — qu'il ait une certaine tour-
nure et un certain bagou, qu'il ait fait ses
études primaires et y ait ajouté un peu de
lecture, s'il a donné quelques gages et s'il
est proposé ou chaudement recommandé par
des personnes agréables ou utiles — ou pou-
vant l'être — on le bombarde... et le plus
drôle, c'est qu'en général cela va tout de
même !... Enfin, que faut-il faire ?

LE MINISTRE. — Ecrivez-lui que je le
prie d'être un peu moins franc-maçon et
un peu plus préfet, s'il est possible.
Faut de la maçonnerie, pas trop n'en faut.
Que je n'entende plus parler de lui, cu je
le laisse manger par Lavertujon, et j'assiste
bras croisés à la tragédie.

V

SUISSE !

A M. l'abbé Leblanchais, vicaire de Sainte-Marie des Batignolles.

« Cher Monsieur l'abbé,

« J'ai encore une fois recours à votre charité. C'est bien votre *charité* que je dois dire ; car je reconnais qu'à beaucoup de points de vue, le nouveau client dont j'ai à plaider la cause auprès de vous n'a d'autres titres à vos bons offices que celui de notre frère en Jésus-Christ, et, hélas ! de frère ennemi. Mais je sais aussi que votre cœur s'élève au-dessus des ressentiments comme de toutes les considérations vulgaires, et je suis assuré que vous vous intéresserez à mon protégé d'autant plus qu'à certains égards il vous semblera moins digne de votre bienveillance.

« Il s'agit d'un homme qui a occupé naguère une haute situation, due à de tristes moyens, et qui a employé ses facultés au service des passions antireligieuses beaucoup plus qu'au service de son pays. Ancien officier de la Commune, sauvé des conseils de guerre par la main charitable d'un évêque, il a été acteur, journaliste, romancier, membre du conseil municipal de Paris, fonctionnaire du ministère de l'Intérieur, préfet de plusieurs départements du centre. Partout il a fait le mal et l'a fait froidement, en sectaire... Cette fortune inespérée, imméritée, a eu ses retours. Tombé tout d'un coup des grandeurs, abandonné par ses amis de la veille, le pauvre homme a été réduit à la plus triste situation. Un nouveau malheur, d'ordre tout intime, vient de l'accabler. L'épreuve lui a ouvert les yeux ; il est rentré en lui-même. Repentant du mal qu'il a fait, il en a demandé sincèrement pardon à Dieu et s'est réconcilié avec l'Église que ces retours inespérés consolent et réjouissent au milieu de ses tristesses. Cependant il faut vivre : Le pauvre homme n'est plus à l'âge où l'on essaie d'un travail nouveau ; ses petites ressources s'épuisent, et il cherche un emploi facile qu'il puisse encore remplir. Il a appris que la place de suisse de l'église de Sainte-Marie des Batignolles allait devenir vacante, et il est accouru, me suppliant de la solliciter pour lui. Il est âgé, mais bien portant encore, de haute taille et d'assez belle mine. Il a toutes les qualités physiques de l'emploi. Il aime la pompe et les cérémonies. Vous ne trouverez pas de suisse plus solennel et plus pénétré de son importance. Aux jours de ses grandeurs, le pauvre homme enrageait de ne voir sur son frac que des broderies d'argent et d'apparaître aux populations moins constellé de croix qu'un général. Et il réclamait à grands cris du gouvernement, pour augmenter son prestige administratif, des décorations supplémentaires, une frange plus longue à la ceinture, une bande plus large au pantalon, un plumet plus glorieux, un plastron mieux pailletté, plus étincelant... Patronez sa candidature auprès de votre vénérable curé. Que mon protégé obtienne, grâce à vous, les fonctions qu'il ambitionne et pour lesquelles, je vous le répète, il semble fait : Il aura un chapeau à plumes, un baudrier chamarré, des épaulettes d'or ; il sera superbe, il sera rayonnant, il sera ravi.

Et c'est à l'Eglise, jadis si haineusement persécutée par lui, qu'il devra d'avoir enfin réalisé son rêve.

« Je vous prie d'agréer, etc.

L'abbé MARTIAL.